NVENTAIRE
e16,281

I0637348

CHOIX

DANS

MES VERS

SUIVI DE

PENSÉES, MAXIMES ET RÉFLEXIONS,

PAR

ÉDOUARD BRICON.

VERSAILLES

IMPRIMERIE DE BEAU JEUNE,
Rue de l'Orangerie, 36.

1862

Y+

CHOIX

DANS

MES VERS.

16281

CHOIX

DANS

MES VERS

SUIVI DE

PENSÉES, MAXIMES ET RÉFLEXIONS,

PAR

ÉDOUARD BRICON.

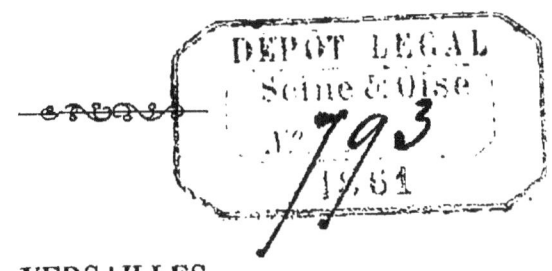

DÉPOT LÉGAL
Seine & Oise
N° 793
1861

VERSAILLES

IMPRIMERIE DE BEAU JEUNE,

Rue de l'Orangerie, 36.

—

1862

1861

CE QUE J'AIME.

Pourquoi gémissez-vous sans cesse,
Oiseaux dont j'ai causé l'effroi?
Pour les fruits de votre tendresse,
Mères, que craignez-vous? C'est moi!

Moi qui souvent jette la graine
Dont vous nourrissez vos petits ;
Moi qui vous apporte la laine
Qui les réchauffe dans leurs nids.

J'aime les oiseaux qui pâturent
A l'ombre de nos ruisseaux ;
J'aime les ruisseaux qui murmurent
Au pied fleuri de nos coteaux.

J'aime le sentier solitaire ;
J'aime l'obscurité des bois ;
J'aime les lieux dont le mystère
Servait mes amours d'autrefois.

J'aime la fraîcheur de l'aurore ;
J'aime l'air embaumé du soir ;
L'épi flottant qui vient d'éclore,
Les gazons où je puis m'asseoir.

J'aime la tige qui boutonne
Au souffle amoureux des zéphyrs,
Et les fleurs dont ma main couronne
Le tendre objet de mes désirs.

Près de toi, ma douce compagne,
Je veux ici passer mes jours :
Longtemps on aime à la campagne ;
Et moi, je veux t'aimer toujours !

A M. DE LAMARTINE.

Trois fois, fidèle écho des pensers de ton âme,
Mon âme avait redit tes chants harmonieux,
Mon cœur avait porté jusqu'aux voûtes des cieux
Et ses tendres soupirs et son ardente flamme;
J'aimais à contempler cet éternel séjour
Qu'ouvre et ferme aussitôt le tombeau de la vie,
Où l'homme est sans regret et l'âme sans envie,
Où brûlent à jamais tous les flambeaux d'amour !

Je disais : « Sans mon Dieu, l'existence est amère ;
Les plaisirs ont toujours un germe de douleur;
Le bonheur est un mot, la sagesse une erreur,
Et le plus bel espoir la plus belle chimère.

Je disais... mais hélas ! je n'aimais pas assez !
La terre avait des biens, le monde avait des charmes
Que, dans mon triste cœur, mes abondantes larmes
Et mes nombreux soupirs n'avaient pas effacés !

Bientôt je ne vis plus ce Dieu qui te consume,
Qui fait l'unique objet de ton chaste bonheur :
Je suivis sans regret la pente de mon cœur
Et la trace d'un bien qu'en ce monde il présume.
Le printemps a ses fleurs, les cieux ont leurs flam-
La terre a sa parure et la nuit son silence ;   [beaux,
Moi, je n'ai pour bonheur de ma courte existence
Qu'un rêve assez puissant pour assoupir mes maux.

Qui ne l'a pas connu, ce rêve toujours rêve
Que le cœur nomme amour, qui, tout dans l'avenir,
Flotte sur l'espérance au gré de mon désir,
Mais qui trop tôt, hélas ! vient regagner la grève ;
Qui croit naître fidèle, et qui vit inconstant ?
Seul penser des beaux jours, douce mélancolie,
Léthé des vrais chagrins, bonheur sans théorie,
Tourment, délire, ennui ; c'est un rêve pourtant !

Tu l'as dit, je l'ai cru... Coulez, coulez, mes larmes !
Amour ! félicité ! songe trop enchanteur,
Un mot vous a chassé du milieu de mon cœur !
Un monde trop réel perd à l'instant ses charmes.
J'aime un vague avenir; mais il n'est plus pour moi !
Remontez à jamais, fleuves de ma pensée
Dont l'onde bienfaisante à mon âme oppressée
Roulait dans l'infini sans limite et sans loi.

Arrêtez, revenez, restez, coulez encore !
Je le sens, c'est de vous que dépendent mes jours !
Amour, feux dévorants, pour moi durez toujours !
Nés d'hier dans mon cœur, n'auriez-vous qu'une au-
                                          [rore ?
Ah ! pour ne plus aimer, ou n'aimer que les cieux,
Il faut avoir senti le vide dans ce monde
Ou consumé les biens dont on croit qu'il abonde,
Et mon âme est encore au midi de ses feux !

Reçois, sur mes soupirs, le son qui de ma lyre,
Pour arriver à toi, s'échappe en doux accords.

Bien longtemps tu connus mes feux et mes transports;
Et moi, j'aime tes chants et le Dieu qui t'inspire.
Un jour viendra peut-être où j'aurai plus d'amour :
.Mon cœur sera plus grand et mon âme plus pure;
Mon esprit comprendra le Dieu de la nature;
Mes chants seront les tiens, et le ciel mon séjour!

SEPTEMBRE 1853. *

Quels que soient les destins que nous fait la fortune,
Qu'un tyran nous gouverne, ou que la liberté
Fixe pour quelques jours notre mobilité,
Sans m'informer jamais si ma voix t'importune,
C'est toi, c'est toujours toi que cherchent mes regards.
Que de dieux renversés! que de gloire perdue!
Depuis que de nos rois la famille éperdue,
D'un sceptre mal tenu vit les débris épars;

* Les pièces marquées d'un astérisque n'ont pas été imprimées dans les différents ouvrages de l'auteur.

Depuis que sa douleur, sur la terre étrangère,
S'affaiblit ou renaît selon qu'il est pour nous
Ou des dieux protecteurs, ou des destins jaloux...
Dis-moi, tous ces proscrits qu'on admirait naguère
Ont-ils encor l'honneur et la gloire avec eux :
Cesse-t-on d'être grand en cessant d'être heureux?
Loin de les plaindre, hélas! on ose les maudire !
On ne sait plus qu'un nom, et ce nom, c'est l'empire.

Il est un autre nom, par le temps consacré,
De tous les noms connus pour moi le plus sacré,
Qu'un homme efface un jour, qu'un autre jour an-
[nonce,
Que toujours un grand peuple avec amour prononce,
Qui dans un noble cœur n'est jamais effacé,
Qu'avec ses fers rompus l'homme a souvent tracé.
Ce nom, qui dans tes vers, se présente sans cesse,
Et que j'appris de toi dès ma tendre jeunesse,
Ose-le dire encore! et de l'humanité
Les mille échos vivants rediront : Liberté!!!
Liberté que la France a souvent ranimée ,
Qui naît d'amour et meurt quand elle est trop aimée :

Bien suprême ici-bas, noble fille des cieux,
Qu'honorent les mortels qui respectent les dieux;
Qu'en vain aurait voulu ta sage politique
Substituer au chaos qu'on nomma république,
Et que je trouvais belle assise auprès des rois,
Et soumise, comme eux, au joug sacré des lois.

LE JOUR DE MA FÊTE.

Est-ce une insulte? Est-ce un hommage?
Pourquoi me couronner de fleurs?
Donnez au cœur que bat l'orage
Une prière et quelques pleurs!

Que j'aimais autrefois l'aurore de ma fête!
Et d'encens et de fleurs je parfumais ma tête;
Mon âme plus tranquille avait plus de gaîté;
Mes amis s'enivraient de ma félicité!

Heureux, je bénissais l'instant de ma naissance :
Dieu prenait mon bonheur pour ma reconnaissance.

Ah! soyez à jamais ce que je fus un jour!
A la vie, au bonheur, moi je meurs sans retour!
Je meurs... Venez, venez et donnez à ma tombe
Cette rose qui naît, que l'on cueille et qui tombe,
Qui, pour un jour encor, renaît sur votre sein,
Ces fleurs qui, comme moi, ne seront plus demain!
Je ne puis plus chanter! les Parques de ma vie
N'accordent plus qu'une heure à ma mélancolie.
Une heure pour aimer! une heure pour mourir!
Mais pourquoi cette larme et ce nouveau désir?
Tout ce qui passe est court. Qu'importe qu'à l'aurore
Je touche à mon couchant, ou que longtemps encore,
Inutile fardeau, je fatigue les jours?
Je passe pour aller où l'on est pour toujours!

Est-ce une insulte? Est-ce un hommage?
Pourquoi me couronner de fleurs?
Donnez au cœur que bat l'orage
Une prière et quelques pleurs!

* A M. T. V***

Jeune homme que tourmente une vague inquiétude,
Qui dans tes plus beaux jours cherche la solitude,
Dont la marche rêveuse appartient au hasard,
Qu'une larme de femme, un sourire, un regard,
Fait sourire ou pleurer; ah! si ton âme est pure,
Ne crains rien des penchants qui sont dans la nature :
Aime, tout doit aimer! aime, et bénis le jour
Où ton cœur fut atteint des premiers traits d'amour!
Aime, ne souille pas l'objet de tes tendresses;
Mais nourris ton amour d'innocentes caresses.
Redoute les transports d'un trop ardent désir :
La tristesse est le fruit d'un coupable plaisir.
Brûle d'un feu sacré, d'un amour légitime,
Qu'allume l'innocence et qu'entretient l'estime,

D'un feu qui, ranimant tes esprits abattus,

Fera naître en ton cœur de nouvelles vertus.

Aime pour être fort : on fait pour ce qu'on aime

Ce qu'on n'aurait pu faire ou tenter pour soi-même :

Un véritable amour agrandit tout en nous.

Redoute les plaisirs d'où naissent les dégoûts.

Voir dans l'objet aimé, fût-il couvert de fange,

La beauté, les vertus, tous les charmes d'un ange ;

Le désirer, le voir, le presser sur son cœur,

L'adorer !... c'est l'amour ! c'est aussi le bonheur !

Aime !... qu'un amour pur vive au fond de ton âme ;

Qu'il préserve tes sens d'une impudique flamme ;

Qu'ici ton espérance et ta félicité,

Il soit ensuite à Dieu pendant l'éternité.

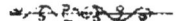

POURQUOI DONC SOUPIRER?

Pourquoi donc, ô mon cœur! pourquoi donc soupirer?
Pourquoi toujours gémir aux jours de solitude?
Quand on est sans remords, pourquoi toujours pleurer?
Pourquoi, dans tes beaux ans, mourir d'inquiétude?

Des bosquets amoureux l'ombrage qui se perd,
Des mondes inconnus le ruisseau qui murmure,
La fleur qui naît et meurt aux plaines du désert
N'ont jamais accusé le Dieu de la nature.

Je ne me plains qu'à moi de mes jours ténébreux.
Je sais qu'il est perdu, le feu qui me dévore;

Et ce feu, chaque jour, au foyer de mes vœux,
Me consume, s'éteint et se rallume encore !

Peut-être l'avenir garde-t-il au ruisseau,
A la fleur du désert, un témoin de leurs charmes :
Sur le flot de mes pleurs j'arrive à mon tombeau,
J'ai vécu, j'ai souffert, sans qu'on ait vu mes larmes.

La source qui tarit, la lampe qui s'éteint
Sont le portrait vivant de mon âme affaiblie ;
Le feu, le feu sacré qui longtemps me soutint,
Emporte, en me quittant, le restant de ma vie !

Beaux projets de mes jours, doux espoir d'avenir,
Forêts, rochers, vallons, humble et champêtre asile
Où je devais aller pour aimer et finir,
Je n'ai plus rien pour vous qu'un soupir inutile.

Objet que mon génie aimait à se former,
Cœur à jamais brûlant de mon ardente flamme,
Rêve de mon amour, que je devais t'aimer !
Que ne pouvais-tu naître aux soupirs de mon âme !

2·

Ah! que ne puis-je encor, par moi-même abusé,
Plein de mon avenir croire à ton existence,
Brûler des feux secrets dont mon cœur est usé,
Espérer ton amour pour unique espérance!

* A MA FEMME,

QUI REDOUTAIT DE QUITTER SON JARDIN DE PARIS.

L'exil qu'on appelle la vie
N'offre qu'un bonheur incertain :
Sans trop gémir, ma tendre amie,
Il faut se soumettre au destin.
Nous pouvons avoir, au village,
Nos mêmes fleurs, d'autres berceaux :
Que nous faut-il? un peu d'ombrage,
Un chaume et le chant des oiseaux.

Tu pourras, sur une autre terre,
Semer et planter tour à tour ;
Au bruit d'une brise légère,
Coudre à l'abri des feux du jour.
Là, comme ici tu pourras vivre.
Comme ici, plus heureux qu'un roi,
J'irai souvent, dans un bon livre,
Lire une heure assis près de toi.

Nous emporterons dans leurs cages
Notre pinson et nos serins,
Et Paul aura dans ses bagages
Sa vieille poule et ses lapins.
Nous donnerons à l'indigence
Une part de notre bonheur ;
Nous aurons Dieu pour espérance,
Le même amour au fond du cœur.

LE VIEUX PAUVRE.

Je pleure, et vous chantez. Que ma vie est amère !
Couvert par des haillons, peut-être avant demain,
Si vous ne venez pas soulager ma misère,
Hélas ! je serai mort et de froid et de faim !

Riches, que me faut-il ? Quand je vais à la ville,
Je ne demande point l'argent de vos plaisirs ;
Un tapis de vos pieds, quand il n'est plus utile ;
Le pain que vous jetez, voilà tous mes désirs !

Vous n'avez pas le temps de penser à mes larmes !
Et les heures pourtant, pour vous comme pour moi,

Pour l'élu du bonheur, pour l'enfant des alarmes,
Pour le bien, pour le mal, suivent la même loi.

Ma voix de vos plaisirs trouble la jouissance!
Venez pour soulager ma pénible douleur;
Vous saurez que l'instant qu'on donne à l'indigence
Est pris par la vertu sur les jours du bonheur.

Vous avez des trésors, je n'ai que l'infortune.
Je n'ai que le passé, pour vous est l'avenir.
Ah! pour nous rendre égaux!... Mais je vous importune;
Ne donnez qu'une obole, et je vais vous bénir!

Les cieux ont des flambeaux pour une nuit obscure,
Le matin a des pleurs contre les feux du jour;
L'homme n'a rien pour l'homme; et seul dans la nature
Le pauvre a sa misère, et n'a rien en retour!

Il n'a rien... Ah! Seigneur, j'outrage ta justice!
S'ils ne sont pas pour lui, tu combles tous ses vœux :
Quand il est dédaigné, tu lui deviens propice;
Son cœur est ton palais quand tu descends des cieux.

Chantez donc, inhumains! chantez, chantez encore!
J'aime mieux ma douleur, j'aime mieux mon ennui
Que vos bruyants plaisirs, faux bonheurs d'une aurore.
Le pauvre doit mourir, et le ciel est pour lui!

A MA SOEUR.

Ma sœur, te souvient-il du lieu de ta naissance,
Beau séjour adoré de ta première enfance?
Au milieu de la foule et du bruit de Paris,
Oublîrais-tu, ma sœur, nos bois, nos prés fleuris?
Moi, j'aime encor le chaume, aujourd'hui solitaire,
Qui fut de nos aïeux l'asile héréditaire.
C'est là que jusqu'au ciel, pour la première fois,
Un accent s'éleva de ta timide voix;
Là, qu'au pied de l'autel où le vrai Dieu s'immole,
Et devient à la fois la victime et l'idole,

Nous allions, imitant les paisibles pasteurs,
Répandre de nos champs quelques modestes fleurs.
Souvent je crois revoir le frémissant feuillage
Dont nous aimions, Zoé, le vacillant ombrage.
Douce erreur! faible éclair qui sillonne la nuit!
Le bonheur n'est qu'un songe, et ce songe nous fuit.
Ah! que n'est-il ainsi de nos tristes alarmes?
La douleur vit longtemps de soupirs et de larmes;
Par des rêves flatteurs nos regrets sont accrus:
L'espoir évanoui, c'est un chagrin de plus!
Ne gémis pas, ma sœur, lorsque mon cœur murmure:
Une plainte est permise à ma faible nature.
Je sais qu'il faut souffrir pour arriver au ciel,
Et j'accepte la coupe où Dieu verse le fiel:
Si je ne puis, hélas! dans les jours de tristesse,
Par amour de la croix, être dans l'allégresse;
Si je crois qu'à mon cœur les soupirs sont permis,
Du moins à mes douleurs mon esprit est soumis.
Je n'accuse point Dieu d'un funeste caprice;
Il n'afflige jamais que par grâce ou justice:
Il ne fait rien pour lui, mais tout pour ses élus,
Et souvent à ses coups nous devons nos vertus!

D'où te viennent, ma sœur, ta foi, ton espérance,
Ta charité féconde et ta persévérance ?
Le monde a-t-il ces biens dans sa perversité ?
Non : tu dois tes vertus à ton adversité.
Ainsi, souvent ingrat au sein de l'opulence,
L'homme est encor coupable aux jours de la souffrance ;
Il maudit ses revers et devrait les bénir.
Moi, je bénis le Ciel qui t'apprit à souffrir,
Qui te rend la douleur chaque jour moins amère ;
Je bénis ton amour, tes soins pour notre mère ;
Je te bénis toi-même, appui de ses vieux jours :
Que sur elle et sur toi le Ciel veille toujours !

★ LES OISEAUX.

Où allez-vous, petits oiseaux,
Quand l'aquilon glace la plaine,
Quand les frimas de leur haleine
Blanchissent nos riants coteaux ?

Vous allez où l'on aime encore,
Vous allez où va le printemps,
Et partout on entend vos chants
Au réveil brillant de l'aurore.

Vos plaisirs sont dans vos amours :
Souvent vous changez de campagne,
Mais le bonheur vous accompagne,
Vous aimez et chantez toujours.

Ah! le Dieu qui nous donna l'être,
Je le connais dans ma douleur,
Et vous, qu'il comble de bonheur,
Ce Dieu, vous l'ignorez peut-être.

Peut-être aussi les chants joyeux
Qui remplissent votre carrière
Sont-ils une douce prière
Que votre amour adresse aux cieux.

Chantez votre reconnaissance,
Bénissez l'auteur de vos jours ;

Ne craignez pas que vos amours
Soient une insulte à ma souffrance.

Chantez sans égards pour mes pleurs.
Hélas! il n'est rien que j'envie!
Et le bonheur de votre vie
N'ajoute rien à mes douleurs!

PALAISEAU.

L'heure du soir approche, et le soleil s'incline
Sur le front parfumé de la verte colline :
Déjà le rossignol et prélude et poursuit
Des chants pleins de soupirs qu'il n'apprend qu'à la nuit;
C'est l'heure où le troupeau revient de la prairie,
Où le pâtre, endormi dans l'humble bergerie,
Pour vivre et pour aimer attend un nouveau jour;
L'heure où, parfois encor, mon cœur frémit d'amour !

C'est l'heure du repos, c'est l'heure du silence,
C'est l'heure où la prière apporte l'espérance;
C'est l'heure où, jusqu'au ciel cherchant à s'élever,
L'homme sur son néant se surprend à rêver.
Qu'est-il sur cette terre où son âme est captive?
Est-ce un roi triomphant? Est-ce une ombre plaintive?
Vivre un jour de plaisir et mourir de chagrin,
Quel triste sort, hélas! et c'est là son destin.

Il est vrai que l'espoir d'un destin moins contraire
Répand sur ses douleurs un baume salutaire;
Que son esprit, fécond en rêves séduisants,
Ne s'appesantit pas sur les regrets cuisants;
Que la foi nomme encor, quand son âme succombe,
Un Dieu réparateur au delà de la tombe;
Que le siècle naissant, du siècle qui n'est plus
Raconte à l'univers ce qu'il eut de vertus.

Mon esprit, attentif à cette voix des âges,
Est à peine troublé par les tremblants feuillages
Où, sans pouvoir fixer leurs inconstants désirs,
Voltigent, chaque soir, les folâtres zéphyrs.

Ici du grand Arnauld, au sein d'une humble bière,
On a pu conserver un reste de poussière;
Là, d'un vaste manoir par Childebert fondé
Il ne reste plus rien que le nom de Condé.

Ce nom, qui, pour jamais, est gravé dans l'histoire,
N'est plus lui-même, hélas! qu'un souvenir de gloire.
Quand la fortune élève un palais fastueux
Où l'on brûle l'encens pour un mortel heureux,
Souvent le temps, jaloux d'une gloire frivole,
Renverse, en sa colère, et le temple et l'idole;
Mais du sang de Condé les derniers descendants
Ont fini par le crime et non pas par le temps!

L'asile où tu vécus, Tronchet, dont l'éloquence
Du plus juste des rois défendit l'innocence,
M'inspire un saint respect. C'est là qu'en tes loisirs
Tu chantais de Renaud les funestes plaisirs;
C'est là que de Milton évoquant le génie,
Tu redisais d'Eden la suave harmonie,
Et comment Jéhova contre l'homme irrité
Le replongea vivant dans son obscurité.

Adieu, fleurs des genêts, simple et charmante rose,
Pervenches du rocher, gazons où je repose ;
Adieu, voici la nuit : je dirais à demain !
Si le jour de la mort n'était pas incertain.
Pour des biens plus réels quittons ma rêverie.
Adieu... Bientôt mon fils, mon épouse chérie,
Viendront se disputant, avec grâce et candeur,
Un baiser de ma bouche, un soupir de mon cœur !

⋆ LES PEINES ÉTERNELLES.

Dieu puissant qui créas, dans le temps et l'espace
Infinis comme toi, mille mondes divers,
Tous les êtres vivants de ce vaste univers,
De l'homme en son exil je comprends la disgrâce ;
Le châtiment du Ciel est toujours mérité ;
Mais tu ne punis pas toute une éternité !

Ta vengeance, Seigneur, surpassant notre offense,
Ne nous laissera pas sans aucune espérance :
Des ténèbres sans fin, des tourments éternels
Ne sont pas faits, Seigneur, pour de simples mortels.
A ta bonté contraire, à ta justice même,
Un châtiment sans fin est un affreux blasphème.
Oui, ces gouffres profonds qu'on nomme les enfers,
Trop longtemps habités, un jour seront déserts.
Quand le ciel aux démons aura ravi leur proie,
Quand nous ne serons plus leur infernale joie,
Quand, l'élément du mal manquant à leurs fureurs,
Ils n'auront devant eux que leurs propres douleurs,
Alors, peut-être alors, las de souffrir sans cesse,
Courbés devant le Dieu qui causa leur tristesse,   .
Ce Dieu, sensible aux pleurs d'un tardif repentir,
Aura, dans sa bonté, cessé de les punir ! (1)

(1) Il est écrit : Allez au feu éternel, et non pas : Allez éternellement
au feu éternel.

* EMBRASSONS NOTRE MÈRE.

Approche-toi, ma sœur ; approche-toi, mon frère ;
Pendant qu'elle sommeille, embrassons notre mère.
Ses revers de fortune et le poids de ses ans
Ne lui raviront pas l'amour de ses enfants.
L'amour est infini dans une âme immortelle :
Séparé par la mort, on est uni par elle.
Et cependant des coups portés par sa fureur   [cœur.
L'homme garde longtemps l'empreinte au fond du
Hélas ! autour de moi, tout languit, tout succombe !
La moitié de mon cœur est déjà dans la tombe.
Partout où j'ai vécu, je ne puis faire un pas
Sans fouler en pleurant un débris du trépas.
Dans ces débris sacrés, dans cette froide cendre ,
Il n'est plus rien, hélas ! qui puisse encor m'entendre.

Pour moi, sur cette terre, il n'est rien d'assez beau :
Par tout ce que j'aimais j'appartiens au tombeau.
Qu'ai-je dit ? vous pleurez !... Enfants, séchez vos larmes.
Oui, pour moi, près de vous, il est encor des charmes.
Je vous ai précédés dans ce triste vallon
Où j'achève sans bruit mon pénible sillon :
Désirez, espérez les biens de l'existence ;
J'ai vécu trop longtemps pour garder l'espérance.
Le fardeau dont le Ciel accable les humains
Est pesant désormais pour mes débiles mains.
Je remplirai pourtant, dominant ma tristesse,
Les devoirs que l'amour impose à ma tendresse,
Et, malgré le courroux et la rigueur des cieux,
Ma mère, je vivrai pour vous fermer les yeux !

Approche-toi, ma sœur ; approche-toi, mon frère ;
Pendant qu'elle sommeille, embrassons notre mère.

UN MISANTHROPE DU XIXᵉ SIÈCLE.

Laisse-là, cher Edmond, il en est temps encore,
Les rêveurs admirés des Grecs et des Latins.
Que t'importent, dis-moi, Sénèque et Pythagore?
Est-ce d'eux que dépend la faveur des destins?
Le savoir ne vaut pas, crois-moi, le savoir-faire.
Tu seras toujours pauvre et partant sans honneur,
Si, plein de ta vertu, tu ne veux satisfaire
Un monde qui nous fuit dès qu'on lui tient rigueur.
Ne va jamais des grands, quel que soit leur caprice,
T'ériger en censeur. Qu'importent leurs travers?
S'ils font mal, est-ce toi qui commets l'injustice?
Attends, pour les blâmer, qu'ils aient quelques revers.
Jusque-là, ne crains point d'applaudir sans relâche
Ce que tu sais qu'ils font, et ce qu'ils ne font pas.

3

Pourquoi donc, diras-tu, Crésus est-il un lâche ?
S'il n'a pas à la guerre affronté le trépas,
S'il n'a pas des héros mérité la couronne,
C'est que, toujours contraire à son vœu le plus cher,
La paix, dans nos cités, a remplacé Bellone.
Exalte le prélat qui nous met en enfer
Pour un mot innocent qu'il prend pour un blasphème.
D'un sexe trop léger, prêcheur officieux,
Ne va pas mériter le terrible anathème ;
Sur ses mille défauts ferme du moins les yeux :
Par la femme d'autrui, quelquefois par la sienne,
Presque sans s'en douter on arrive au pouvoir.
Noblesse, honneur, vertu, laisse-là cette antienne :
Amasser des trésors est l'unique devoir.
Me diras-tu qui fut l'amant de la fortune
Sans être des humains un modèle accompli ?
Dis-moi quand la vertu ne fut pas importune :
Le monde la condamne à vivre dans l'oubli.
— Tu ne m'apprendras rien que déjà je ne sache.
La bassesse, chez nous est à l'ordre du jour;
Les sots sont au pouvoir, le mérite se cache ;
On achète son rang, le savoir et l'amour :

Des marches du sénat on monte au Capitole

Dès que l'on a prouvé qu'on s'est deux fois vendu ;

Et je vois chaque jour que les eaux du Pactole

Rendent aux grands fripons l'honneur qu'ils ont perdu.

On ne redoute pas d'opprimer l'innocence,

Et souvent la vertu reste sans protecteur.

Autrefois si l'amour et la reconnaissance,

Enfants nés des bienfaits, consolaient le malheur,

L'amour est aujourd'hui tout pétri d'égoïsme :

Aux souvenirs du cœur on donne à peine un jour.

Oui, le monde, paré du plus affreux cynisme,

Ne peut être à mes yeux qu'un infernal séjour !

Gustave en politique est un parfait modèle ;

De dix rois, en trente ans, il fut l'humble sujet,

Et je l'estime heureux d'avoir été fidèle

Au serment qu'en son cœur il a fait au budget :

Alphonse, comme toi, veut qu'on s'identifie

Aux usages du temps ; fanatique romain,

Denis, en commençant par la philosophie,

Ote par charité la voix au genre humain ;

Hector, qui sent de loin l'odeur de la cuisine,

Ayant le cœur placé trop près de l'estomac,

Est toujours de l'avis de ceux chez qui l'on dîne ;
Paul voit avec orgueil, au royal almanach,
Que ses noms allongés d'une croix et d'un titre
Par son argent acquis, couvrent sa nullité ;
Nestor... Mais à quoi bon prolonger ce chapitre ?
Tu connais, m'as-tu dit, la triste vérité...

Qu'on me laisse ici seul ! qu'on défende ma porte !
Au reste des humains je suis mal assorti.
Je connais la valeur des conseils qu'on m'apporte :
Un visiteur nous flatte, et dès qu'il est sorti,
Il nous raille à plaisir dans ses discours frivoles ;
Pendant huit jours entiers nous cite à tout propos,
Faisant, selon son gré, de nos moindres paroles
Une horrible peinture, ou de riants tableaux !

* LA POÉSIE.

Le Scamandre, témoin de la grandeur de Troie,
Des enfants de Priam a partagé la joie : ·
Des filles d'Ilion, aux superbes atours,
Son onde caressait les gracieux contours.
Il a vu la fureur de l'invincible Achille,
Du généreux Hector la valeur inutile,
Des remparts, que Vénus a longtemps protégés,
Par Minerve détruits; les Atrides vengés;
Le désespoir d'Ajax, la sagesse d'Ulysse;
De dix mille héros l'auguste sacrifice.
Mais ce muet témoin de faits audacieux,
De combats et de gloire où prirent part les dieux,
Ne nous a rien appris. Sans les récits d'Homère,
Qui saurait aujourd'hui qu'un amour adultère,

Pendant dix ans, des Grecs arma le bras vengeur ?
Virgile, après Homère, a chanté la valeur
Du noble fils d'Anchise. Échappé du naufrage,
Je le vois, je le suis dans les murs de Carthage,
Il fuit : je m'attendris aux plaintes de Didon ;
Comme elle, je gémis sur son triste abandon.
Heureux ceux qui, formés par ces maîtres sublimes,
Font revivre pour nous tant d'illustres victimes !
Heureux qui peut chanter, s'élevant jusqu'aux cieux,
Les vertus de la terre et la grandeur des dieux.
Moi, je rime aisément et je chante sans peine ;
Mais pour de longs récits ma voix manque d'haleine.
J'ai chanté dans mes vers, je veux chanter toujours,
Les dieux, la liberté, la gloire et les amours.
Je ne demande pas, dans mes jours de tristesse,
A des plaisirs impurs une fausse allégresse :
Pour calmer mes ennuis, je chante ma douleur,
Et je puise ma joie et mes vers dans mon cœur.
Dans ces vers, trop souvent dépourvus de génie,
Je désire qu'au moins on trouve l'harmonie.
Je pense peu, je sens ; et j'écris en courant,
Quelquefois avec joie, et souvent en pleurant.

Quand le peuple, aveuglé, comme un homme en dé-
Hurlait dans nos cités et renversait l'empire ;   [lire,
Quand à peine on osait lui parler de ses torts,
Témoin de ses erreurs, je m'écriais alors :

« Peuple sans frein un jour, le lendemain esclave,
» Qui te bats pour la charte et supprimes la loi ,
» Aujourd'hui pour Brutus et demain pour Octave,
» Tes aveugles fureurs me saisissent d'effroi !
»   .   .   .   .
»   .   .   .   .
»   .   .   .   .
      »   .   .   .   .
» Je veux bien que ce siècle, en progrès si fertile,
» Fasse pour les mortels des destins moins affreux,
» Une terre meilleure, une foi plus facile,
» Et qu'il augmente ainsi le nombre des heureux ;
» Mais je veux qu'aux palais et dans l'humble chau--
» Où parfois le nectar peut se changer en fiel, [mière,
» L'espérance renaisse au sein de la prière   .
      » Que la douleur adresse au Cie

» Je veux m'appartenir et garder l'héritage

» Qui vient de mes aïeux ou d'un travail constant ;

» Je veux de ma compagne un amour sans partage,

» Un père vénéré, les baisers d'un enfant.

» Laissez-moi tel enfin que m'a fait la nature.

» L'homme n'est point semblable au troupeau sans la-

» Qui dépend à jamais, pour un peu de pâture, [beur

    » De la volonté du pasteur. »

Depuis que la raison a repris son empire,

C'est pour des chants plus doux que j'accorde ma lyre.

Partout accompagné de nos divins auteurs,

La sœur de Nérestan m'attendrit par ses pleurs,

J'écoute en frémissant les héros de Racine,

Et j'apprends l'harmonie en lisant Lamartine.

Oui, je retrouve encor le bonheur dans mes vers !

Je chante, et ne veux rien des biens de l'univers !

La santé, le repos, voilà ce que j'envie !

Le peu que j'ai suffit aux besoins de ma vie ;

Le Ciel a mis le comble à mes modestes vœux :

On a toujours assez quand on se trouve heureux.

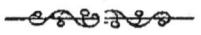

⋆ LOUIS XVI ET CLÉRY,

Le 20 janvier 1793.

. . . .

« Oui, le Ciel m'est témoin, que loin de m'opposer
Aux libertés qu'un peuple a voulu m'imposer,
Je voulais son bonheur et les droits qu'il réclame ;
Pour la centième fois, ici je le proclame.
Oui, pour lui, pour lui seul j'aurais voulu régner !
Et je n'étais pas fait, Cléry, pour gouverner.
J'aimais pour être aimé ! Maintenant l'équilibre
Des pouvoirs établis, et fier d'un peuple libre,
Fidèle à mes serments et respectant nos lois,
Au peuple, sans regret, j'immolais tous mes droits.
Mais le doute souvent agitait ma pensée.
Et la France, aujourd'hui, par ce doute offensée ;
Après m'avoir puni par un triste abandon,
Pour moi n'a plus d'amour et n'a plus de pardon. »

« Sire , pour expier les plus énormes crimes,
Souvent il faut au Ciel les plus saintes victimes.
Soyez prêt à souffrir, à mourir s'il le faut :
Le trône est quelquefois bien près de l'échafaud !
Mais qu'on trouve à son ombre ou la joie ou les peines,
Qu'on y boive à longs traits le nectar ou le fiel,
Le sang, le noble sang qui coule dans vos veines
Ne l'a jamais quitté que pour monter au ciel ! »

« Cléry, je vous comprends : ma dernière heure ap-
[proche.
Je vais sans crainte à Dieu, car je suis sans reproche ;
Et mon destin n'a rien dont je sois étonné :
Je suis prêt à mourir, car j'ai tout pardonné. »

Aux pieds du roi, Cléry l'inondait de ses larmes.
Mais l'auguste martyr, au-dessus des alarmes :
« Roi captif, dès longtemps j'ai présagé mon sort ;
Et maintenant vos pleurs me confirment ma mort.
Ne pleurez pas sur moi ; je suis plein d'espérance !
Mais pleurez sur le peuple, et priez pour la France !...»

* AUX DÉTRACTEURS DU PASSÉ.

Il faut que tout marche et progresse ;
C'est la loi du destin, dit-on :
Avons-nous donc plus de sagesse
Qu'en avait Moïse ou Platon ?
L'amour sacré de la patrie
Est-il plus ardent dans nos cœurs ?
Avons-nous de la barbarie
Banni les sanglantes fureurs ?

Le fer en main, cherchant la gloire,
Des torrents de sang sont versés :
Après une atroce victoire,
Quand des trônes sont renversés,
Nous trouvons des sillons stériles,
Des tombeaux au sein des cités ;

Des coteaux autrefois fertiles
Que nos exploits ont dévastés.

Nos droits et nos lois sont nos armes.
Tout tremble ou tout fuit devant nous,
Car il faut du sang et des larmes
Pour éteindre notre courroux.
Mais les cruels maîtres du monde
Pour eux-mêmes forgent des fers.
O race en vertus inféconde!
Race déchue! esprits pervers!

Vous perdez, dans la confiance
Aux prospérités du moment,
Les dieux protecteurs de la France,
L'honneur, et la foi du serment!
Tout pouvoir obtient vos services;
Vos mépris sont à qui n'est plus :
Des vieux temps vous avez les vices,
Vous n'en avez pas les vertus!

FABLES.

LES DIEUX ET LE CHEMIN DE FER.

Un Rothschild de l'Olympe, au maître du tonnerre
Proposa d'établir, à ses frais, dans les cieux,
Un chemin à vapeur à l'usage des dieux.
Avant d'admettre au ciel une œuvre de la terre,
Jupiter, qui pourtant penchait pour ce projet,
Crut devoir assembler sa cour à ce sujet.
Mercure un des premiers motiva son suffrage :
Vous savez que Mercure est souvent en voyage ?
Vulcain, pour les boiteux, trouvait, non sans raison,
La chose assez commode. Un nouvel horizon,

Un monde de plaisirs pour les dieux devait naître;
Un monde qu'Amour seul semblait déjà connaître.
« Cœurs sensibles, dit-il, plus de larmes pour vous!
» Dans les bras d'un amant, ou dans ceux d'un époux,
» Goûtez, sexe enchanteur, une éternelle ivresse!
» Que pourrait désormais craindre votre tendresse?
» Le temps, qu'assez souvent accompagne l'ennui,
» Ne vient plus des amants fatiguer l'espérance :
» Le baiser du retour est si près de l'absence : [d'hui!»
» Entre deux cœurs aimants plus d'espace aujour-
Tel discours, prononcé par l'enfant de Cythère,
Cachait, à mon avis, quelques secrets motifs.
Aux plus sages pourtant le perfide sut plaire :
Les plus sages, souvent, sont parmi ses captifs.
Les débats étaient clos. Déjà du vieux Saturne
Un vote favorable était tombé dans l'urne :
Tout semblait annoncer un triomphe certain;
Mais Junon, par un signe, arrêta le Destin,
Et l'Olympe attentif recueillit ces paroles :
« Je connais le poison de tes discours frivoles :
      » Et tes wagons, cruel enfant,
      » Loin de te rendre plus constant,

» Te rendraient, tu le sais, encor plus infidèle !

» D'un pâtre de l'Ida, trop soumis à ta loi,

» Si Vénus a reçu le prix de la plus belle,

» Le Ciel sera plus juste entre son fils et moi ! »

Deux fois à ce discours on vit Jupin sourire.

Les dieux qui de Cypris protégent les autels

Le prirent autrement, mais n'osèrent rien dire :

Les dieux sont, à la cour, semblables aux mortels.

Cependant Jupiter voyant dans cette affaire

Des esprit trop ardents faussement engagés,

Les passions en jeu, les avis partagés,

Ne se prononça pas. — Ne cherchez, d'ordinaire,

Que l'avis d'un ami dans un sage entretien :

Les avis trop nombreux sont un obstacle au bien.

FABLE 2ᵉ.

LE PAYSAN PLAIDEUR.

Faites, si vous pouvez, du bien à votre frère.
Mais fussiez-vous pour tous un ange tutélaire,
A juger mal d'autrui le monde toujours prêt
Ne vous verrait agir que dans votre intérêt :
Voici, pour le prouver, un récit sans réplique
Que j'ai lu, dans Deschamps, comme un fait historique.
Un paysan, voisin d'un seigneur de canton,
Têtu comme un mulet, un peu moins qu'un Breton,
Un Normand, à ce titre, ami de la chicane,
Assigna son seigneur au sujet d'un platane
Qui nuisait à son champ. Chacun alors prédit
Qu'il perdrait un procès qu'en effet il perdit.
« Aujourd'hui contre vous, par un rare caprice,
» J'ai vu se réunir la force et la justice,

» Lui dit son avocat. Croyez-en mon conseil :

» Renoncez à poursuivre un procès sans pareil.

» Je me suis fait grand tort en plaidant votre cause ;

» Mais laissons ces regrets et parlons d'autre chose.

» Les procès les plus chers sont les procès perdus :

» Vous me devez, monsieur, pour solde cent écus. »

Cent écus ! Tous les biens que possédait notre homme

N'auraient pas, à bon prix, valu pareille somme.

Aussi, malgré sa tête, instruit par le malheur,

Il renonça, je crois, au métier de plaideur.

Le baron cependant, ému par les alarmes

De sa voisine en pleurs : « Femme, séchez vos larmes,

» Dit-il avec bonté. De Georges, votre époux,

» Je paîrai tous les frais, non pour lui, mais pour vous ;

» Pour vous et vos enfants. » Quand on craint un naufrage,

Le calme est un bonheur : de son pauvre ménage,

Pour la première fois, Jeanne connut le prix.

Par elle, son époux eut bientôt tout appris :

« Oh ! oh ! dit le Normand, si c'est ainsi, ma belle,

» On voit bien que monsieur tremble que j'en appelle. »

FABLE 3ᵉ.

LE LIERRE ET LE CHÊNE.

« Nos racines

» Sont voisines,

» Dit un timide lierre au chêne audacieux :

» Je rampe sur la terre, et vous touchez aux cieux.

» Un même sol nous donna l'être,

» Et nous sommes parents peut-être.

» Chaque jour, sans pitié,

» Quelque passant me foule au pied.

» Ah! que ne peut à vous s'unir le pauvre lierre!

» Il respirerait l'air et verrait la lumière.

» Le plus petit de ses sujets

» Serait-il un fardeau pour le roi des forêts? »

Ce monarque était bon ; car voici la réplique
Qu'il fit à cette humble supplique :
« Enfant, vous demandez une triste faveur.
» Venez, car je vous vois fatigué du bonheur !
» Venez braver les vents ; venez braver la foudre
» Qui, tôt ou tard, hélas ! doit me réduire en poudre.
  » Venez…. que l'hiver étonné,
» D'un feuillage brillant me trouve couronné ;
» Venez pour que la nuit verse ses pleurs sur vous,
» Et que les feux du jour me paraissent plus doux. »

Lorsque vous obligez ceux que le sort afflige,
Ayez l'air de penser que c'est vous qu'on oblige.

LE RAT ET LA BELETTE.

Au décès de son père, un rat d'un âge mûr,
En outre d'un bon nid, trouva dans un vieux mur
Un peu de pain, du grain, des noix et du fromage;
C'était là, pour un rat, un fort bel héritage :
Mais comment en jouir? Du trésor paternel
Naquit pour notre rat un tourment éternel.
L'amour de son butin, la crainte qu'on l'emporte
Font qu'à peine s'il vient prendre l'air à sa porte :
    Où mettre, où placer ses valeurs?
    Il n'est partout que des voleurs.
Il mange : chaque jour son trésor diminue,
Et de son estomac l'appétit continue.

O fortune cruelle! Insupportable sort!
Partout il aperçoit la famine et la mort.

 Chez la belette sa voisine,
 On faisait fort bonne cuisine,
 Car on savait, avec esprit,
 Y mettre le temps à profit.

Le jour à la maison, et la nuit en campagne,
Sans bruit, courant les champs, furetant la montagne,
Belette, assez souvent, surprenait un levraut,
Ou revenait pliant sous le poids d'un perdreau.
Un matin, ayant fait une assez bonne chasse,
Gibier dans le carnier, eau dans la calebasse,
Autant qu'il en fallait pour déjeuner à deux,
Elle invita le rat. « Levez-vous, paresseux,
» Dit-elle en badinant; car je viens pour vous prendre :
» Ma chasse vous attend. » — Comme elle fit comprendre
Qu'on déjeune entre amis sans aucune façon,
Et qu'on ne rend jamais quand on est vieux garçon,
Notre ermite accepta. La table bientôt mise,
Il fit honneur à tout; tout était à sa guise.
La dame méritait au moins un compliment :
Par un sermon il crut s'en tirer poliment.

Il fut, dans son exorde,

Plein de miséricorde;

Mais sa péroraison mettait à l'hôpital

Quiconque, en ses repas, cesse d'être frugal.

Le paquet était à l'adresse

De notre aimable chasseresse.

Bossuet, contre Jurieu, discuta par écrits :

Chez les rats, ce fléau des discours manuscrits,

On improvise tout, et sermon, et réplique.

Cher lecteur, cela vous explique

Comment, à ce rat maudit,

Belette aussitôt répondit :

« Voisin, craignez pour vous cette fin malheureuse.

» J'amasse chaque jour, et dans votre chartreuse,

» Vos biens peuvent, je crois, s'en aller en détail :

» Les vrais trésors sont ceux acquis par le travail. »

FABLE 5ᵉ.

LE MEUNIER, L'ANE ET LES VOLEURS.

J'ai lu, je ne sais où,
Qu'un meunier et son âne, unis par un licou,
Dormant paisiblement au soleil de Provence,
Deux voleurs, possédant une rare assurance,
     Formèrent le projet
     D'enlever le baudet.
L'un, d'un religieux portant l'humble costume,
Prit la place de l'âne; et l'autre, avec Martin,
Décampa lestement. En ce temps, la coutume
N'était pas que d'un âne on fît un capucin :
Le meunier s'éveillant, jugez de sa surprise !
Rêvait-il? de ses yeux était-ce une méprise?

Je crois qu'à beaucoup moins on peut être interdit.

Bientôt, d'un ton câlin, le faux moine lui dit :

    « Jadis dans un saint monastère,

    » Loin d'en suivre la règle austère,

» Esclave de mes sens, las ! je péchais souvent.....

» —Frère, me dit un jour l'abbé de mon couvent,

» Il faut de votre cœur enfin dompter le vice;

» Autrement d'un baudet vous ferez le service :

» Un ange du Seigneur m'en instruit à l'instant.

» Mon frère, aux yeux de Dieu, montrez-vous repentant !

» —Des menaces du Ciel j'avais la certitude,

» Mais, hélas ! comment vaincre un péché d'habitude ?

» Je vous ai vu souvent, par crainte de la mort,

» Voulant rendre à tous ceux à qui vous fîtes tort,

» Agir, tout aussitôt selon votre nature,

» Cher maître, en vous trompant de poids ou de mesure.

» —Mon frère, voilà bien l'exacte vérité !

» Si vous fûtes puni, qu'ai-je donc mérité ?

» Ah ! je suis plus que vous digne de la colère

» Du Dieu trois fois puissant qui vous a mis, mon frère,

» Sous la loi d'un pécheur qui méritait les coups

» Que sa cruelle main a fait tomber sur vous !

» —La coutume a rendu votre erreur excusable.

» Mais un moine qui pèche est un monstre exécrable!

» Adieu: je vais prier et pour vous, et pour moi. »

       Le meunier, plein d'effroi,

Crut tout en cette affaire. Et pour finir l'histoire,

Quelques jours écoulés, se trouvant à la foire,

O surprise! Martin se présente à ses yeux :

Il subit de nouveau le châtiment des cieux.

« Déjà! dit le meunier, lui parlant à l'oreille.

» Le vice en votre cœur promptement se réveille. »

De son maître, Martin reconnaissant la voix,

Fit un hi-han charmant qu'il répéta deux fois.

       A le voir, les Furies

       Se fussent attendries.

Le meunier répondit: «Je vous comprends, malin :

     » Vous regrettez notre moulin?

» On n'y manque jamais ni de son, ni d'avoine:

» Mais quand l'âne, un beau jour, s'y transforme en un

                     [moine,

» Il ne rembourse pas l'argent qu'il a coûté.

» Adieu : car c'est assez vous avoir écouté. »

Ce meunier, cher lecteur, vous paraît ridicule?
Je connais plus d'un homme au moins aussi crédule :
J'ai vu plus d'un baudet s'ériger en docteur;
Plus d'un maître soumis aux lois d'un serviteur;
Plus d'un marquis, plus sot qu'un meunier de Provence,
Payer de son valet le vol et l'insolence.

L'HONNEUR ET LA FORTUNE.

La Fortune, pleine d'audace,
De l'Honneur ayant pris la place,
Au mépris des Dieux immortels
Elle eut son culte et ses autels.
Il n'est pas femme sans caprice;
Et si l'inconstance est un vice,
La Fortune le porte en soi;
Le Ciel le veut ainsi, je ne sais trop pourquoi.
Malgré les soins et les caresses
Qu'on accordait à ses largesses,
La dame, en la maison d'autrui,
Mourait de tristesse et d'ennui.

Soit caprice ou remords, soit encor que la flamme
De l'enfant de Cythère eût effleuré son âme,
Soit enfin le désir d'un légitime droit,
A l'Honneur elle osa, dans un discours adroit,
Proposer de rentrer dans son noble héritage,
En ne faisant à deux désormais qu'un ménage.
Quand on est belle et riche on a toujours raison :
L'Honneur donc consentit à revoir sa maison.
Mais avant il voulut qu'une charte authentique
L'établît à jamais chef de la république.

    Dame Fortune, en lettres d'or,
    Signa ce singulier accord.
Tout autre que l'Honneur eût été plus facile :
Mais il voulait surtout une femme docile.
La Fortune, à ses vœux, se soumit sans humeur ;
C'était, sans s'en douter, aller droit au bonheur :
    Car de cette heureuse alliance
    Naquit la douce Bienfaisance ;
Et dès lors la Fortune, au prix de ses trésors,
Eut des jours sans ennui, des plaisirs sans remords.

PENSÉES, MAXIMES ET RÉFLEXIONS.

C'est dans toutes les conditions que les hommes vertueux sont rares.

Soyez vertueux et ne vous informez pas si la vertu passe pour de la sottise et la friponnerie pour de l'habileté.

Craignez plutôt de mal vivre que de mourir.

Il ne faut ni craindre ni braver la mort.

C'est à tort que nous nous familiarisons avec nos vices, parce que nous en découvrons de semblables ou de plus grands chez les autres.

On est bien injuste quand on reproche aux autres des fautes que l'on commet soi-même.

Nos imperfections sont si nombreuses que les meilleurs ont encore beaucoup à se reprocher.

N'oubliez pas que les éloges que vous recevez

s'adressent moins à vous qu'à votre rang et à votre fortune.

Le pauvre n'a pas même l'estime de celui qui est pauvre comme lui ; il est beau cependant d'honorer les mérites et les vertus qui ont résisté à la misère.

Il est rare que celui qui supporte avec impatience ceux qui sont au-dessus de lui par le talent, par la fortune ou par la naissance, ne fasse pas sentir durement sa supériorité à ceux qu'il croit au-dessous de lui : dans l'un et l'autre cas, c'est un sot orgueil qui le dirige.

Le monde se plaît à remarquer et à exagérer les fautes légères de l'homme vertueux ; il croit par cette injuste sévérité absoudre l'homme coupable : si vous n'avez tous les défauts, il exige que vous ayez toutes les vertus.

Contre la ruse, la loyauté est quelquefois de l'habileté.

Il est plus d'hommes obligeants que de cœurs reconnaissants.

Ne croyez pas un homme qui a peur.

Les meilleures leçons de sagesse sont celles de l'expérience.

L'espérance naît de la foi, et de l'espérance naissent les consolations.

La foi qui ne peut supporter l'examen de la raison n'est qu'une superstition idolâtrique.

Si vous tenez à propager votre foi, que votre conduite soit en harmonie avec vos principes.

Il y a plus de sagesse dans les livres des hommes que dans leur conduite : suivez leurs préceptes plutôt que leur exemple.

Les plus grands ennemis de la morale sont ceux qui l'enseignent sans la pratiquer.

La plupart de ceux qui s'occupent du salut des autres ne s'occupent pas assez du leur.

L'amour divin vient de l'esprit, l'amour de la créature vient du cœur ; celui-ci est spontané, l'autre est le fruit du raisonnement.

Le corps n'a d'autre gloire que d'être le séjour temporel de l'âme : à l'immortalité il faut des demeures éternelles.

Le corps est l'instrument, plus ou moins parfait, qui rend sensibles les sons de l'âme.

Plus l'intelligence est grande, plus elle paraît séparée de la matière.

Plus il y a de profondeur dans les raisonnements contre l'existence et l'immortalité de l'âme, plus je la sens en moi, et plus aussi je l'aperçois en celui qui la nie.

L'incrédulité n'a pas les espérances de la foi; le doute a des agitations cruelles, et c'est au doute que sont arrivés la plupart des philosophes.

La foi en une autre vie soutient l'homme honnête; mais elle effraie le coupable. Ne vous fiez donc qu'à celui qui pense qu'après la mort il y a une récompense pour la vertu et un châtiment pour le vice.

Le châtiment n'est pas toujours une preuve de culpabilité : c'est quelquefois la vengeance du plus fort, ou une erreur de la justice humaine.

Le masque de la liberté est le berceau de la tyrannie.

Les rois règnent pour les peuples, et les tyrans pour eux-mêmes.

Il est facile d'être un grand roi, quand on commande à un grand peuple.

Une nation est bien à plaindre, quand son repos et sa prospérité dépendent de la vie d'un homme.

Les institutions sages et durables ne sont pas celles qui font dépendre les destinées d'un peuple du sort du souverain; mais celles qui, au contraire, font dépendre le sort du souverain de celui de la nation.

Le cœur de l'homme est sujet à tant de faiblesses, sa raison à tant d'égarements, qu'il faut savoir gré à celui qui possède une puissance absolue, non-seulement du bien qu'il a fait, mais encore du mal qu'il ne fait pas.

Ceux qui pensent arrêter la marche d'un siècle ne font que la régulariser.

On peut être bon tout en adoptant un mauvais principe.

Discutez, mais ne vous fâchez pas.

5

Gardez-vous de sacrifier un ami pour une opinion.

Soyez indulgent pour les autres, et on le sera pour vous.

Il n'est pas de doctrine qui n'ait ses vérités et ses erreurs.

Il faut pardonner les erreurs de l'esprit et celles du cœur; mais il faut châtier le vice, qu'il vienne du cœur ou de l'esprit.

Aimez la liberté, exercez la fraternité, mais ne rêvez pas l'égalité : les hommes ne sont égaux que dans les douleurs de la naissance et de la mort.

La vie des peuples est comme la vie des hommes ; elle est pleine de contradictions.

Ne vous laissez pas séduire par des paroles honnêtes ou des dehors de religion.

Il y a loin de l'honnêteté selon le droit à l'honnêteté selon la conscience, car le droit n'est pas toujours l'équité.

Le meilleur contrat est la parole d'un honnête homme.

Tous voudront contribuer à votre fortune, si

vous les avez persuadés qu'en y aidant ils augmenteront la leur.

N'abandonnez rien au hasard ; faites peu et faites bien.

Ne vous arrêtez pas près de l'homme de mauvaise foi.

La misère a des nécessités qu'on peut excuser, mais dont il faut se défier.

Il est rare que ceux qui ne comptent que sur l'avenir ne soient pas trompés dans leur espérance : on ne s'assure l'avenir qu'en utilisant le présent.

Le bonheur n'est ni dans la fortune, ni dans l'agitation, ni dans le repos, ni dans les honneurs, ni dans les plaisirs, etc.; et toutes ces choses cependant peuvent être des éléments de félicité; car le bonheur n'est autre que la possibilité de vivre selon ses goûts. Voilà pourquoi ceux qui ont des goûts simples sont d'ordinaire les plus heureux.

Le bonheur ne peut être constant qu'autant qu'il est indépendant des hommes qui nous entourent et des lieux que nous habitons; heureux et sages sont ceux qui le trouvent en eux-mêmes.

Nous nous plaignons du sort, quand nous ne devrions nous plaindre que de nous-mêmes.

La dissipation ne peut conduire à la fortune, ni l'inconduite au bonheur.

Les capacités, et surtout la conduite et le travail, voilà l'origine des fortunes honnêtes.

L'on n'est riche qu'autant qu'on sait se contenter de ce que l'on a.

Les désirs et les espérances du pauvre sont préférables aux ennuis et aux inquiétudes du riche.

Mieux vaut une fortune médiocre dont on jouit que de posséder de grandes richesses dont on ne jouit pas.

La fortune n'est désirable qu'autant qu'elle contribue à notre indépendance en nous débarrassant d'une partie des soucis de la vie. A quoi sert de posséder ce qu'on a désiré, si l'on désire posséder encore ? Les désirs insatiables ne vont pas sans une envieuse jalousie qui trouble l'esprit et torture le cœur.

L'homme sage n'est pas celui qui, en ayant du superflu, se tient dans les limites et quelquefois même se prive du nécessaire ; mais celui qui, tout en se faisant une réserve contre les incertitudes de l'avenir et les inconstances de la fortune, sait dépenser la majeure partie de son revenu d'une façon utile ou agréable pour lui ou pour les autres.

Dieu a condamné l'homme au travail : il ne peut se soustraire à cette obligation que sous peine d'ennui. S'il se distrait par les plaisirs, il abrége ses jours ; s'il se livre à un travail modéré, il se fortifie. C'est surtout le travail manuel qui détourne son esprit des préoccupations de l'ambition, des jouissances factices, et qui, tout en contribuant à sa santé, entretient une douce sérénité dans son âme.

Le duel est la raison de ceux qui déraisonnent. Si l'assassin est plus coupable que le duelliste, il est moins stupide. Quelle plus grande sottise, en effet, que d'ajouter à la blessure d'une offense le risque de perdre la vie ?

C'est faire peu de cas de soi-même que de s'exposer à périr en se mesurant avec un homme qui, se sentant coupable, n'a de réparation que la mort de celui qu'il a injustement offensé.

Le duel naît d'une mauvaise passion : la vengeance. Mais est-ce bien se venger que s'exposer à mourir en laissant vivre son ennemi?

Abuser de sa force physique pour opprimer les faibles, c'est une lâcheté ; provoquer en duel un homme inférieur à soi dans le maniement des armes, c'est une basse forfanterie ; se battre contre lui, c'est un crime.

C'est de la chair que naissent les remords ; c'est de l'esprit que naît la félicité.

Les plaisirs des sens nous dégradent ; les joies de l'esprit nous élèvent.

Il faut plus de temps pour cicatriser les blessures de l'âme que pour guérir les plaies du corps.

Si nous ne nous attachions qu'aux beautés de l'âme, nous nous éviterions bien des déceptions et des regrets.

La meilleure preuve que l'esprit de l'homme est

borné, c'est qu'il ne comprend ni Dieu, ni le temps, ni l'espace, rien enfin de ce qui est infini.

Il ne faut pas espérer sur la terre des félicités qui n'y sont pas, et l'on doit se contenter du peu de bonheur qui s'y trouve.

C'est à l'ardeur de vos passions que vous vous en prenez de votre conduite ; ne serait-il pas plus juste de l'attribuer à la faiblesse de votre esprit?

Les passions sont dans tous, et tous pourraient les vaincre, s'ils avaient la ferme résolution de les combattre, car le mal n'arrive pas sans le consentement.

On n'est pas toujours libre d'une mauvaise pensée, on est toujours maître d'une mauvaise action.

La pensée naît avant l'action, et l'action naît de la pensée : il faut donc repousser les mauvaises pensées, si l'on veut éviter les mauvaises actions.

Quand l'action ne vient pas de la pensée, elle vient d'un égarement du cœur, d'un délire de l'esprit, de la spontanéité des passions; alors l'homme n'a plus sa liberté ; ce n'est pas lui qui agit, mais les passions qui agissent par ses sens. Évitez donc tout ce qui peut porter atteinte à votre libre arbitre : la jalousie, l'ivrognerie, la colère, etc.

Ne vous croyez pas innocent, parce que vous avez été fatalement entraîné à une mauvaise action ; vous n'eussiez pas été l'esclave de vos passions sans les dérèglements de votre vie.

Les grandes victoires sont celles qu'on remporte sur soi-même.

C'est par degrés qu'on arrive à la perfection : il faut d'abord éviter le mal, et ensuite faire le bien.

On profite peu des fautes d'autrui, et souvent les leçons coûteuses du passé nous sont inutiles.

L'étude des hommes pousse au dégoût de la vie.

L'homme est libre par position, par caractère ou par conscience : libre par position, il est superbe ; par caractère, impérieux ; par conscience, calme.

C'est souvent au prix de l'esclavage des autres que nous achetons la liberté.

La solitude est le miroir de l'âme.

Le monde nous étourdit sans nous consoler.

La gaieté des hommes augmente la douleur de ceux qui souffrent.

Pour les consoler, il faut pleurer avec ceux qui pleurent.

Dans l'adversité, nous fuyons avec plaisir les lieux témoins de nos grandeurs passées. C'est moins alors notre nouvelle position qui nous y attriste que l'ingratitude de ceux qui eurent part à nos prospérités.

On aime peu la vie, mais on redoute la mort.

L'homme généreux donne avec sagesse ; le prodigue avec enthousiasme ; l'avare reçoit avec extase.

Nous rendons rarement justice à celui dont nous croyons avoir à nous plaindre.

L'égoïsme est le vice du siècle ; plus on le tolère en soi, moins on le pardonne aux autres.

On peut négliger ses intérêts, mais on ne doit jamais sacrifier ceux d'autrui.

L'homme engagé dans une affaire qui, à ses

yeux, doit amener sa ruine, est dans une inquiétude continuelle ; et chaque jour nous perdons,
sans y avoir égard, une partie de notre existence.
Cependant la vie vaut plus que la fortune, puis-
qu'en perdant la fortune on conserve la vie et qu'on
peut retrouver ce qu'on a perdu, tandis que tout
finit par la mort.

Le grain que l'on confie à la terre ne devient fécond que par la corruption : chez l'homme, c'est
la vie qui donne la vie. Pour trouver une simili-
tude entre lui et les plantes qui servent à sa nour-
riture et à ses jouissances, il faut admettre une
vie meilleure que celle de ce monde ; cette vie
sortira du tombeau. Il faut donc oublier ces maximes : « On naît pour mourir ; la vie est le chemin
de la mort. » Il est plus juste de dire : « Ce que
nous appelons la vie est le germe de la mort, et
ce que nous appelons la mort est le germe de
notre immortalité. » Il faut donc naître pour mourir, et il faut mourir pour arriver à la vie véritable. Donc ce que nous appelons la vie est néces-

saire à la mort, et ce que nous appelons la mort
est nécessaire à la vie. Nous étions morts avant
la vie, et nous n'avons la plénitude de la vie que
par la mort. La naissance et la mort sont néces-
saires à la vie en Dieu, à la vie complète et sans
fin.

Dieu est éternel, incréé; il renferme en lui
toutes les perfections. La terre est l'œuvre de sa
volonté; le corps de l'homme est l'œuvre de ses
mains; l'âme, immortelle, mais faillible, est l'œuvre de sa bonté, l'image imparfaite de lui-même.

C'est à l'âme qu'appartient le génie de l'homme:
la pensée qui dompte la nature, qui, s'élevant de
la terre au ciel, assiste au conseil de la Toute-
Puissance, ne peut être soumise à la matière.
L'âme vit avec la matière, mais elle peut, elle
doit vivre sans elle. L'âme est créée par un souffle
divin, un souffle spirituel que nous ne pouvons
comparer à rien en ce monde, et dont nous igno-
rons la nature. L'âme serait une ange du ciel si
elle n'était incarnée sur la terre. (Au jour de la

résurrection, les hommes seront comme les anges de Dieu dans le ciel. — *Matth.*, ch. 22, v. 30.)

Dieu est la vie, Dieu est le Verbe ; la vie et le Verbe en Dieu sont éternels et impérissables. La vie et le Verbe en l'homme viennent de la vie et du Verbe de Dieu. L'homme ne s'est donné ni la vie, ni le Verbe, mais il les a reçus de Celui qui les avait en lui.

Les plus douces jouissances de l'homme naissent de ses pensées, des créations de son génie. Demandez à la brute, demandez à la matière si elles ont de ces jouissances. Comment se fait-il que vous ayez comparé la brute et la matière à l'homme? Par quelle fatalité vous complaisez-vous dans cet avilissement de vous-même? La cause n'en est-elle pas dans une corruption de votre esprit ou de votre cœur? Si vous voulez vivre des clartés du ciel, si vous voulez conserver le respect de votre dignité, ne souillez pas la demeure de votre âme. L'âme est dans la joie quand elle habite un corps pur, et c'est la joie de l'âme qui illumine l'esprit. Vivez dans la justice, et vous aurez la paix du cœur; n'altérez point votre conscience, et la voix de la vérité sera en vous.

Dieu a le libre arbitre en lui; il a la puissance du mal, mais sa volonté est toujours pour le bien, parce qu'il renferme toutes les perfections. Le mal en l'homme tient à sa nature imparfaite, à la matière sans cesse en opposition à ce qu'il a de divin. La puissance du bien et du mal soumise à la volonté de l'homme est un des cachets de son origine divine, de son céleste avenir: c'est par là que ses vertus sont méritantes, et que ses fautes sont condamnables. Quand la brute n'est pas placée sous une volonté qui la domine, elle n'agit que par instinct. Aussi ses actes ne méritent ni récompense ni châtiment. La brute a été créée pour l'homme, et l'homme pour Dieu : là est l'explication de la vie bornée de l'une, et de l'immortalité de l'autre.

Le libre arbitre étant de Dieu et venant de Dieu,

est donc un bien précieux pour l'homme. Sans la liberté dans l'action, il n'aurait que la vie de la brute, et rien en lui ne survivrait à la matière. Si tel était son sort, ce roi de l'univers, la perfection de la création, serait le plus misérable de tous les êtres : toujours inquiet, tremblant devant la mort, sans cesse en butte à des souffrances physiques et morales, y a-t-il un être dans la création qui pourrait lui être comparé en labeurs et en douleurs? Aux souffrances matérielles de la brute, l'homme joint les souffrances de l'intelligence, les souffrances de l'âme.

Ainsi les souffrances supérieures à celle de la brute, les souffrances intellectuelles sont encore une preuve de l'immortalité de l'homme.

La matière n'agit pas d'elle-même, elle subit l'impulsion d'une volonté à qui elle est soumise. Son union avec l'âme est pour celle-ci une entrave à une puissance toute intellectuelle. Il est certain que pendant le sommeil c'est la matière qui repose, et que l'âme agit sans cesse : sur le front de l'homme endormi on aperçoit le travail de la pensée. Les songes, dont souvent nous gardons un long souvenir, que nous en éprouvions une sensation joyeuse ou triste, cette joie ou cette tristesse nous impressionne pendant le sommeil au delà de ce que nous éprouverions si nous étions éveillés.

Si pendant le sommeil nous nous entretenons d'un sujet quelconque, les mots propres nous arrivent aisément; si l'on nous répond; et que la personne qui nous parle nous soit connue, ses traits, ses expressions habituelles, son organe, tout est rendu avec une étonnante exac itude. Pourquoi cette puissance trop restreinte encore de l'âme ne s'exerce-t-elle à ce point que pendant le sommeil? C'est qu'alors la matière n'a plus qu'une faible puissance d'inertie. C'est la vie du corps qui prive l'âme de la plénitude de ses facultés, facultés de conception sans limite et sans fin; sans cesse en rapport, sans cesse en harmonie avec Celui qui fut, qui est et qui sera. On a donc raison de dire que le corps est la prison de l'âme. Ce que nous appelons la vie, temps bien limité d'ailleurs, est l'épreuve ou le châtiment de l'âme.

L'homme a corps, esprit, vie et âme. La brute n'agit que parce qu'elle a vie, et par une espèce de volonté qui semble être quelque chose de plus que l'instinct, quelque chose de moins que l'esprit. L'esprit de l'homme n'est peut-être supérieur à l'instinct de la brute que par son union avec l'âme.

Les attributs de l'âme, le Verbe et la conscience, sont à peu près les seules choses qui placent l'homme au-dessus de la brute : ôtez le Verbe et la conscience, il ne restera à l'homme que le corps, la vie et l'instinct de la brute.

La mort détruit, chez l'homme et la brute, le corps et la vie : chez la brute, l'instinct tient à la vie; chez l'homme, l'esprit tient à l'âme. Le corps et la vie, voilà les causes de la dégradation de l'homme; l'esprit et l'âme, voilà les causes de ses plus pures jouissances, celles qui naissent d'un chaste amour, de la science et de la vertu. Connaître et aimer, voilà la récompense des vertus de la terre, les trésors du ciel, la fin de l'âme.

Dieu et l'âme sont des nécessités auxquelles il faut croire, et qui ne peuvent s'établir par démonstration ; mille raisons les font supposer, aucune ne les démontre d'une manière absolue : prouvez-les par le raisonnement, vous tombez dans l'absurde ; supprimez-les, la nature et l'homme seront incompris.

Ce que nous appelons les sens n'a rien de plus que les autres parties du corps ; ils sentent, ils souffrent, ils agissent comme le reste : l'ouïe, la vue, n'ont rien de plus que les bras et les jambes

L'homme existe sans yeux, sans voix, de même qu'il vit privé d'un ou plusieurs membres. La privation des yeux, de l'ouïe ou de la voix n'ôte pas plus à son intelligence que la privation d'un ou de plusieurs membres. La privation d'un membre diminue sa puissance d'action ; la privation d'un sens met des entraves au développement de son esprit : tout est nécessaire en lui ; mais il n'est réellement incomplet que lorsqu'il y a absence de

6

pensée, privation de tout ou partie de l'intelligence.

L'homme privé d'un ou même de plusieurs sens peut acquérir autant de connaissances que celui qui jouit de la plénitude de ses organes; et si celui-ci n'a pas cultivé son esprit, il est inférieur à celui qui, privé de la vue ou d'un autre sens, a l'esprit orné par l'étude et la réflexion. C'est souvent quand les organes s'affaiblissent par l'âge que l'homme arrive au plus grand développement de la pensée.

LE RÈGNE DE DIEU.

Novembre 1859.

Le règne de Dieu, ce n'est pas que quelques privilégiés aient toutes les jouissances de la terre, tandis que la multitude gémira sous le poids des souffrances du corps et de l'âme. Le règne de Dieu, c'est le bien-être pour tous. Et il faut bien l'avouer, à chaque secousse de la terre l'humanité fait un pas vers le but de la Providence. Quel est celui qui ne voit pas qu'aujourd'hui les masses sont mieux logées, mieux vêtues et mieux nourries qu'avant 89? Et dans un ordre plus élevé, ne sait-on pas que la fortune est accessible à tous par le travail, l'industrie, les sciences et les arts, que tous sont égaux devant la justice, que tous peuvent arriver aux premières dignités de l'État. L'Empire lui-même, malgré ses façons d'absolutisme, pousse à la roue du progrès. Il a proclamé, sanctionné le vote universel, vote bien imparfait sans doute, mais où l'intelligence ne tardera pas à pénétrer, soit par un double degré, soit par des lumières qui seront le fruit d'une nouvelle éducation du peuple. C'est aussi l'Empire qui a placé l'ordre dans l'égalité. — L'égalité a été la seule aspiration de ce siècle. Il est vrai que le peuple dans nos jours de trouble invoquait la liberté, mais il ne se battait que pour conquérir des droits égaux pour tous. — Ce n'est pas que les nations n'aient que de l'indifférence pour la liberté : déjà elle est un besoin; bientôt elle sera une nécessité. Quand son heure sera venue, de même que l'ordre a été établi dans l'égalité, la liberté sera établie dans l'ordre : car c'est au moyen de l'égalité qu'on a établi l'ordre, et c'est avec l'ordre qu'on obtiendra la liberté. Cependant les peuples ne seront jamais complétement satisfaits : s'ils n'avaient plus de désirs, il n'y aurait plus de progrès; et le progrès est le besoin des intelligences, la loi de l'univers.

GOËTHE ET TALLEYRAND.

{Voir le *Cours de littérature* de M. de Lamartine,
41ᵉ entretien, pages 380 et suivantes).

Juin 1859.

M. de Lamartine a trop éprouvé combien est
grande l'ingratitude des hommes, pour ne pas les
prendre en pitié. Son esprit froissé à la vue de
l'égoïsme trop général du siècle, est tombé dans
de fausses admirations. Si Goëthe a été grand par
son génie poétique, il ne s'est pas élevé au-dessus
du vulgaire par le sentiment. L'intelligence ne
peut suppléer à l'absence des qualités du cœur, et
l'insensibilité est un vice d'organisation. — On n'est
pas grand parce qu'on n'a que de l'indifférence
pour ceux qui nous aiment. L'indifférence ne sera
jamais une vertu ; le culte du mépris serait une
dégradation de l'homme.

Goëthe a eu tort d'écouter un amour qu'il ne partageait pas; son devoir était de le repousser avec douceur. Sa correspondance avec Baltide est une tache. Il jouait avec l'exaltation d'une femme dont la passion était moins au cœur qu'à la tête; et Goëthe, qui n'avait au cerveau que du génie, et plus rien au cœur, aurait dû se contenter de l'estime de celle qui l'aimait. Cette estime, il l'eût méritée, non en partageant un amour insensé, mais en rappelant à la raison une âme égarée, soit par de sages paroles, soit par un vertueux silence. La vertu n'est pas dans le mépris de la passion d'autrui, mais dans la victoire qu'on remporte sur celle qu'on éprouve en soi. — A tout prendre, malgré leur génie, les hommes comme Goëthe sont des fléaux. Goëthe, avant de pratiquer le mépris, avait semé le suicide : Caroline Gunderode n'est pas la seule victime de Werther; Schiller n'est pas le seul qui, en suivant les traces de Goëthe, ait perdu le bonheur en perdant la foi, et dont l'heure précoce et dernière a été sans consolation.

Quant à Talleyrand, nos révolutions, à cela près du génie, ont enfanté d'innombrables modèles de ce prétendu grand homme. Sous tous les gouvernements, servir ses intérêts sous prétexte de servir l'État; faire une vertu de la duplicité, de la religion un moyen, de l'honneur une duperie, un jeu du serment; n'avoir de fidélité qu'à la fortune; n'être dévoué qu'à soi; ne croire ni à l'amour, ni à l'amitié, à rien de ce qui ennoblit l'homme, voilà ce que fut Talleyrand. Aussi les mépris qu'il eut pour l'humanité lui seront-ils toujours rendus avec usure. Quelle que soit l'habileté d'un homme, il ne fera pas que le vice obtienne pendant longtemps les honneurs dus à la vertu.

Le dogme pratique de l'égoïsme et du mépris que semble exalter M. de Lamartine, grâce à Dieu, n'est pas encore la foi universelle de notre époque. Si pour le prouver j'avais besoin d'un exemple, je citerais M. de Lamartine lui-même. Pour croire à la corruption de tous, il faut se sentir corrompu; l'on ne cesse de croire à la vertu que lorsque soi-même on a cessé d'être vertueux.

La fidélité à ses principes, le dévoûment à ses semblables, la fermeté au milieu des plus rudes épreuves, et la vie politique de M. de Lamartine sont d'éloquentes protestations contre la théorie du mépris. L'éloge qu'il en fait n'est que la tristesse d'une vertu qui se croit méconnue, le cri d'indignation de l'honneur un instant découragé à la vue des prospérités du vice. L'histoire apprendra à la postérité que M. de Talleyrand fut *habile*, et que M. de Lamartine se contenta d'être honnête.

UN SONGE.

Je n'avais vu ni Cerbère, ni Caron; cependant j'étais au séjour des ombres. Un beau jeune homme qui me tenait la main me dit : « Je suis l'ange qui veille sur vous dès votre naissance, celui qui vous accompagnera jusqu'à vos derniers instants sur la terre. Que votre main reste dans la mienne afin que vous soyez invisible comme moi. Si vous étiez aperçu en ces lieux d'expiation, vous seriez certainement le jouet et peut-être la victime des mauvais génies qui les habitent. Voyez, entendez tout, mais ne dites rien. Au surplus, pour plus de sûreté, soyez muet, je le veux, jusqu'au moment où vous reverrez le ciel des enfants d'Adam. Marchons, je vous dirai les souffrances de vos frères et pourquoi ils sont punis.....»

A peine avions-nous fait quelques pas que mon ange reprit : «Voyez ce vieillard courbé sous le poids d'un fardeau dont il cherche en vain à se débarrasser; c'est un avare qu'accable le poids de ses trésors.— Entendez ces cris confus, voyez cette orgie autour d'une table couverte de mets succulents; c'est le châtiment d'un homme qui s'est abandonné aux plaisirs des sens. Aujourd'hui il s'estimerait heureux si, loin du bruit, il vivait, dans la solitude, d'un peu d'eau et de pain. Le luxe de sa maison l'accable; les mets qui couvrent sa table lui répugnent; c'est avec dégoût qu'il reçoit les caresses des femmes qui l'entourent; il a horreur des éloges que lui adressent ses amis : mais il faut qu'il subisse longtemps encore la honte de ses vices, et c'est en vain qu'il invoque la pauvreté. — Voyez cet homme qui fuit la clarté du jour et que la voix de sa conscience accable; inquiet, il tremble au moindre bruit, sans cesse il voit la justice prête à le saisir; c'est un voleur. Son larcin trouble ses nuits et torture ses jours; pour tout au monde il voudrait ne l'avoir point commis. — Remarquez cette femme qui cherche inutilement à parler au jeune homme qui la fuit, et qui ne peut

se soustraire à la vue qui l'accable des deux vieillards qui la suivent; c'est une fille ingrate : les
vieillards qui la suivent sont ses père et mère, le
jeune homme est son fils.—Voyez maintenant cet
homme haletant, dont la sueur couvre le front;
c'est un homicide. Une soif ardente le consume;
une coupe d'or à la main, il court, il cherche une
source où il puisse se désaltérer : quand il l'a trou-
vée, il plonge avec transport sa coupe dans une
eau limpide; mais s'il approche cette coupe de ses
lèvres brûlantes, l'eau qu'elle contient se change
aussitôt en sang qui fume encore! C'est le sang
répandu par la main de l'homicide. A sa vue, le
coupable appuie tristement sa tête sur son bras
gauche, et sa main droite laisse tomber à terre la
coupe vengeresse; puis, bientôt après, poussé
par la soif qui le dévore, il court de nouveau à
la recherche d'une onde bienfaisante qui le fuit
toujours..... »

A ce récit, j'eus un frémissement involontaire.
Mon ange s'en aperçut : « Enfant, me dit-il, vous
êtes effrayé du tableau de tant d'afflictions! J'aurais

voulu pourtant vous montrer l'envieux, qui, ici comme sur la terre, a l'âme rongée par sa convoitise. J'aurais voulu que vous vissiez la paresse aux prises avec l'ennui, et le châtiment, hélas! de mille autres vices adhérant à l'espèce humaine. Mais je comprends votre tristesse : allons à des tableaux moins affligeants. — Voyez cette femme, si belle! si douce! si calme! que suivent quelques hommes et quelques femmes dont l'air épanoui contraste avec l'air de souffrance de tout ce que vous avez vu ici; c'est la Charité. C'est elle qui est l'espérance de tout ce qui gémit dans ce triste séjour. — Quelquefois elle soulage l'avare en diminuant le poids de ses trésors. Quelquefois elle ramasse la coupe de l'homicide ; sa main bienfaisante la remplit d'une eau douce qui calme les ardeurs du coupable ; mais si le meurtrier vient à toucher le vase qui contient cette eau rafraîchissante, ce n'est plus qu'une coupe sanglante.

» Les hommes et les femmes qui suivent la Charité vont être affranchis par elle de leur longue captivité. Déjà, de la Malédiction j'entends la porte d'airain qui, en tournant, crie sur ses gonds : il semble que c'est à regret qu'elle donne passage à ceux qui vont jouir des félicités du ciel. Écoutez, entendez l'hymne de reconnaissance de ces nouveaux élus; prêtez l'oreille au concert des anges.» Et j'entendis ces mots au milieu d'une harmonie céleste : «Hosanna au fils de Marie! gloire, amour et reconnaissance ¯à Celui qui est la résurrection et la vie! La résurrection de l'homme est dans la résurrection du Christ : hosanna au Fils de Marie!» — Les élus franchirent pour jamais l'enceinte des douleurs. En se refermant, la porte d'airain fit entendre un bruit semblable aux craquements de la foudre. Ce bruit m'éveilla, et, quoiqu'éveillé, je crus entendre un long gémissement longtemps répété par les échos des sombres bords.

TABLE.

FABLES.

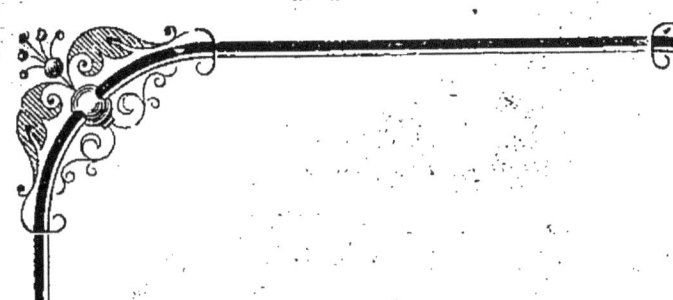

OUVRAGES DU MÊME AUTEUR :

————

Amour et larmes.

Coup d'œil sur la philosophie et les
   philosophes.

Fables et poésies nouvelles.

   Id.,   · id.,   (2ᵉ partie).

Petit théâtre, suivi de pensées, maximes et
   réflexions.

www.ingramcontent.com/pod-product-compliance
Lightning Source LLC
Chambersburg PA
CBHW071124260626
47162CB00006B/2450